Auf der Austernfischerjagd

Novelle

Detlev Freiherr von Liliencron

Mein Freund, der Deichhauptmann, erzählte mir:

»Unser Haushahn und der Erpel im Winterkleide sind mir die liebsten Vögel. Dann aber folgt für mich der Austernfischer: In den frischesten Farben des neuen Deutschen Reiches lärmt er, sein »Kaditt, kaditt, kaditt« unzählige Male im Liebestaumel ausstoßend, Tag und Nacht am Strand umher. Daß er so schwer zu schießen ist, macht ihn mir noch begehrenswerter.

Selten haben wir auf den Nordseeinseln einen ganz stillen Tag im Frühling. An einem solchen gehe ich nicht ins Bureau, sondern nehme meinen Lefaucheux aus dem Schranke und bin von morgens bis abends unterwegs.

Ich komme in den Krug an der Nordermühle, um mir bei der hübschen Sieck, dem Töchterchen der Wirtin Witwe, ein Mittagessen zu bestellen. Wie frisch das Mädel aussieht, wie sie lacht! Wir sprechen friesisch miteinander. Nachdem der Speisezettel, Bohnensuppe und gekochtes Rindfleisch, festgestellt ist, begleitet mich Sieck vor die Haustür. Ich verspreche ihr, einen »Kaditt« für sie mitzubringen.

Mitten auf dem Deich bleibe ich stehen, nehme meinen Krimstecher und lasse die Augen längs des Strandes laufen. Ah, nun gilt es, vorsichtig zu sein. Genau, oder so gut es gehen will, merke ich mir die Telegraphenstange, in deren Nähe am Ufer einige Austernfischer herumzanken, und gehe dann innerhalb des Deiches vorwärts, bis ich die gemerkte Stange habe. Nun heißt es behutsam die Krone erklimmen. Meine Hündin folgt mir fast trübsinnig; Vorsicht! Vorsicht! langsam, langsam den Kopf über den Deich. Aber die Hundeblume (Löwenzahn) steht schon in ungeheurer Zahl und versperrt mir die Aussicht. Höher muß ich den Kopf heben und – klatsch! nimmt sich der Flug auf, um sich bald vor meinen Augen einige hundert Schritte zurück, woher ich kam, wieder niederzulassen, um ihr Gezänk von neuem zu beginnen.

Aber was ist das? Menschen kommen mir, sich lebhaft unterhaltend, entgegen. Ein großer Arbeitsmann geht direkt auf mich zu und redet mich plattdeutsch an: »Rickmer Slachter is't.« »Nu, wat is mit Rickmer Slachter?« (er heißt eigentlich Rickmer und ist Schlächter). »He is in de Pütten« (zum Deichbau ausgehobene Erde) »verdrunken; wie hemm em vör'n Stunn fun'n.«

Ich gehe mit den Leuten zur Stelle, wo Rickmer, hart am Strande des Wassers, das nicht zwei Fuß tief ist, liegt. Stroh bedeckt seinen Körper, nur die großen, mit Schilf und Schlamm beschmutzten Wasserstiefel gucken hervor. »Ist der Distriktskommissar schon benachrichtigt?« fragte ich. Und ehe ich Antwort habe, sehe ich einen unendlich langen Herrn heranstürzen. Auf dem rechten Arm trägt er noch den Bureauärmel; hinter ihm folgt der Schreiber, ebensolang wie der Kommissar. Beide haben unterwegs in Gedanken schon zwölf bogenlange Berichte über den »Mord« an die Staatsanwaltschaft geschrieben. Nun sind sie bei uns und der Leiche. Das Stroh wird entfernt. Rickmer Slachter sieht aus, wie alle Ertrunkenen aussehen, widerlich. Der Kommissar wühlt an dem Toten herum, um »Merkmale« für den Mord zu finden. Umsonst. Ich wage, dem hohen Herrn die Bemerkung zu machen, daß hier kein Mord oder Totschlag vorliegen dürfte. Die fast ganz geleerte Branntweinflasche liege als Beweis am Ufer. Rickmer, der vom Schilfschneiden gekommen, sei betrunken gewesen und infolgedessen beim Ufererklimmen zurückgefallen, oder ihn habe der Schlag gerührt. Er habe keinen Feind gehabt, wie jeder der Umstehenden wisse.

»Ich bitte nunmehr« (o du süßes Bureauwort), »mich nicht zu stören,« sagt ärgerlich der Polizeiherr.

»Guten Morgen, Herr Kommissar.«

Ich schlendere wieder auf dem Deich, um mich nach Austernfischern umzusehen. Statt diese zu erblicken, bemerke ich, zufällig in die Insel schauend, nicht weit von mir aus einem Bauernhause eine ganz feine Rauchwolke steigen, die plötzlich dick und schwarz wird. Herr Gott! Das ist ja Feuer!

Fort! Hin!

Als ich ankomme, steht das ganze Haus in Flammen. Die nächsten Nachbarn sind schon mit Eimern und Haken zur Stelle. Alles geht schweigsam, ruhig und anständig zu. Der Friese verleugnet sich nie.

Der Besitzer steht im Garten wie versteinert; fort und fort murmelt er: »Wo kan't angohn, wo kan't angohn.«

Wir retten, was zu retten ist. Einen helfenden Greis sehe ich in der tüchtig brennenden Stube; er hat ein Paar alte, verschlissene

Morgenschuhe in der Hand, die er hin und her wendet, ob es auch der Mühe wert sei; er vertieft sich immer mehr in seine Betrachtungen. »Na, nu man rut, Jan,« rufe ich ihm zu.

Ein kleiner, rotbackiger Bauernjunge steht in der Küche; er hat einen auf dem Herde bretzelnden Pfannekuchen erobert und stopft und stopft, höchst unbekümmert um das ihn schon umprasselnde Dach.

Ein in der Landschaft just anwesender, sehr blaß aussehender Tanzlehrer, der ein Gesicht wie eine Untertasse hat, gibt sich die äußerste Mühe, einen Gardinenhalter zu fünfzig Pfennig abzuschrauben, statt sich an der Rettung des großen Leinenschrankes zu beteiligen, den wir mit größter Mühe hinauszuschaffen suchen.

Endlich müssen wir aus dem Hause, es ist die höchste Zeit.

Fast alle Möbel sind in Sicherheit gebracht.

Draußen steht schon der Polizeiherr. Es ist der zweite »Fall« heut'. Er diktiert seinem Schatten. »Schreiben Sie,« wiederholt er oft.

Zwei Stunden später, als von mir angesagt, komme ich zu Sieck. Die Bohnensuppe ist noch nicht verbrannt. Sie schmeckt ausgezeichnet.

Während ich meinen Kaffee trinke, nehme ich ein auf der Bank liegendes Büchlein in rotem Papierbande:

Nr. 44
Des
Pfarrers Tochter
von
Taubenheim
oder
Herr, führe uns nicht in Versuchung.

Ich finde entzückend schöne Stellen darin, z. B.: Röschen traute der eminenten Ausrede, hoffte von Woche zu Woche auf Nachricht von dem Geliebten, aber – vergebens. Indessen spürte sie die Folgen ihrer nächtlichen Zusammenkünfte mit Rudolf und – war der Verzweiflung nahe. Wie Schnee lag die Blume der gebrochenen Unschuld auf den sonst so blühenden Wangen ...

Mit geballter Faust, rollenden Augen, fliegenden Haaren (der Regen klatschte wimmerlich an die Fenster) schnellte Röschen, wie von einer Viper gestochen, vom Sessel auf, trat vor ihren Verführer und schäumte ihm entgegen: »Geh, Elender, ich verachte dich, denn du bist ein ehrloser Mensch. Geh, herzloser Mädchenschänder, verflucht seist du vor meinen Augen.«

Rudolf zitterte vor diesem Fluche der von ihm gemordeten Unschuld . . .

Und so geht es fort.

Der Verfasser schließt, um seinen an Bürger begangenen Diebstahl doch wenigstens zu gestehen:

Allnächtlich herunter vom Rabenstein,
Allnächtlich herunter vom Rade,
Huscht bleich und molkicht ein Schattengesicht,
Will löschen das Flämmchen und kann es doch nicht,
Und wimmert am Unkengestade.

Man mag denken über diese Ballade Bürgers, wie man will; aber »Zug« ist drin.

Auf meinem Heimwege gehe ich an einem Hause vorbei, das seit vielen Jahren leer steht; der Besitzer ist verschollen. Nachdem die gesetzliche Frist abgelaufen ist, hat es eine alte Schneiderwitwe aus Kiel geerbt. Sie will es morgen öffentlich verkaufen lassen. Das Haus gehörte dem Schiffer Hinrich Petersen, Hinrich Schipper genannt, auch Hinrich Glücksteert, denn er verstand es, Taler auf Taler zu legen, ohne daß sie ihm wieder davonliefen.

Hinrich und Heinrich.

Der alte Schiffer Hinrich Petersen saß im kleinen Inselhafen auf seinem Schiff und nähte an Säcken. Die Beine ließ er in den oben geöffneten Lagerraum baumeln. Eine große Hornbrille bedeckte die Augen; über den Hinterkopf war sie mit einem Bindfaden befestigt.

Er saß tief gebückt, wie ein geborener Schneider, über seiner Arbeit. Trifft sich schlecht, wenn ein Seemann nicht gute Augen hat; Hinrich Glücksteert hinderte es nicht. Ein so gewiegter Geschäftsmann und berechnender, kluger Kopf er war, zeigte er sich als Führer seines Schiffes nicht minder tüchtig. Dazu kam ihm doppeltes Glück: als Kornmakler und Handelsmann und– daß er beispiellos von Wind und Wetter begünstigt wurde. Bei zweifelhaften Aussichten verließ kein Kapitän eher den Hasen als Hinrich Petersen. Wie eine kleine Flotte sah es dann aus, vornweg das Admiralschiff Peter Glücksteerts.

Zuweilen sah er heut' über die Brille fort nach dem Knopf einer dicht neben dem Ewer ragenden hohen Stange, an dem ein alter, verbrauchter Torfkorb hing: ein Zeichen für die Insel nah und fern, daß Hinrich Petersen von Altona zurückgekehrt sei mit den tausend bestellten Bedürfnissen. Und scharenweise kamen denn auch die Leute, um sich Rosinen, Torf, Besen, Holz, Seife und was weiß ich, abzuholen. Dann freilich mußte er von seiner Näharbeit abstehen, um das Verlangte aus den unteren Räumen herauszunehmen. Er sprach wenig dabei, nahm das Geld ohne Dank und machte sich wunderliche Zeichen in sein Notizbuch; Schreiben und Lesen hatte er nicht gelernt.

Von der Insel nach Altona hin brachte er Korn, Kartoffeln und Winterbutter. In der großen Stadt hatte er nur einen Abnehmer, den reichen Kaufmann Senator M. H. Regentropf. Mit diesem, einem alten, geriebenen »Schlaumeier«, saß er stundenlang im Kontor, beide rechnend, beide sich betrügen wollend, beide grenzenlos vorsichtig, und beide – sich verstehend.

Und Taler auf Taler häufte sich bei Hinrich Petersen.

Der alte Schiffer, aus einer katholischen Familie Nordstrands stammend, unterließ nie, nach glücklich vollendeter Fahrt der Heiligen Jungfrau eine Kerze zu weihen. Zuweilen auch, und das hatte ihm der gute Priester van der Roiten erlaubt, schenkte er die Kerze der protestantischen Kirche auf seiner Insel, wo er seit Jahren wohnte. Und der liebenswürdige alte Pastor nahm sie lächelnd und freundlich für seinen Altar an.

Nie auch unterließ er es, einen Tag nach seiner Rückkehr im Gotteshaus seine Gebete zu murmeln. Der greise Prediger war innig gerührt.

Lange schon war Hinrich Glücksteert Witwer; auf der Insel wurden tolle Geschichten aus seinem ehelichen Leben erzählt: er habe sein Weib so lange mit seinem Geiz, mit seinen Nörgeleien einerseits, mit seiner Wortkargheit andererseits, gequält, bis sie wahnsinnig geworden sei. Ja, es wurde sogar davon geredet, daß er sie erdrosselt habe. Soviel stand fest: die arme geistesschwache, kränkliche Frau war in einer Winternacht plötzlich gestorben, und schon, ganz gegen die Sitte der Insel, am zweiten Tage beerdigt worden.

Aber das war lange her.

In seiner Ehe war ihm spät ein einziges Kind gegeben, sein Sohn Heinrich.

Vater und Sohn, wie so oft, waren ganz das Gegenteil:

Der Vater kalt, berechnend, schweigsam, geizig, mit einem interessanten, scharfgeschnittenen Charakterkopf. Der Sohn leichtsinnig, lustig, verschwenderisch, ohne Geldkenntnis, mit einem Gesicht, das dem Vater in keinem Stücke glich: aufgedunsen, plump, roh, gemein.

Wütende Hassesblicke lohten oft gegenseitig.

Und dennoch waren die beiden aufeinander angewiesen. Hinrich hatte nur einen Schifferknecht, seinen Sohn Heinrich. Und das mußte jeder dem Jungen nachsagen: seinen Dienst verstand er und auf See konnte der Alte nie einen besseren finden.

Eines Tages hieß es auf der Insel, Hinrich Glücksteert wolle wieder heiraten. Und so war's auch. In seinem einundsechzigsten Lebensjahre hatte er sich entschlossen, ein armes, bei ihm dienendes, achtzehnjähriges Mädchen zu ehelichen. Die gutmütige, unerfahrene Petrine Claussen hatte doch wohl auch bei dem Antrage blitzschnell überlegt, daß sie in nicht langer Zeit eine junge, reiche, begehrenswerte Witwe sein könne.

Aber nun kam dazwischen, daß Heinrich, der Sohn, eine heftige Leidenschaft für sie fühlte, und daß sie seine Liebe bald erwiderte.

Noch schwankte sie. Aber eines Abends hatte sie der Sohn beschwatzt; sie war ihm in die Arme gesunken: »Dein.«

Das hatte der Vater belauscht; eine unbezähmbare Eifersucht glühte in ihm.

Am anderen Morgen rief er seinen Sohn, und stellte ihm kurz und knapp vor, er wünsche, daß er auf zwei Jahre nach den Vereinigten Staaten von Nordamerika gehe; hier seien tausend Taler. Wann er mehr brauche, habe er ihm nur zu schreiben, und das Geld werde kommen.

Heinrich, den Plan durchschauend, blieb ruhig, versprach dem Vater, so wunderbar ihm auch dessen plötzlicher Entschluß erscheine, ohne Widerrede zu gehorchen.

Drei Tage darauf war der Ewer Margaretha Petersen klar. Vater und Sohn befanden sich an Bord. Sie wollten nach Hamburg, wo Heinrich sich nach Amerika einschiffen sollte.

Ein häßlicher Südwest ließ jeden Gedanken, der Elbmündung zuzusteuern, zurück. Zum ungeheuern Erstaunen der ganzen Insel aber lichtete der Ewer den Anker und, unter großen Mühen und mit geschickten Manövern (da konnte man einmal den Alten erkennen!), kreuzte er bald auf der Reede, und verschwand zum unglaublichen Erstaunen aller in drei Stunden am Horizont.

Der Südwest wurde heftiger. Das Schiff konnte Helgoland nicht leewärts gewinnen. Es mußte, wollte es nicht umkehren, in die offene See.

Und da tanzten nun die kleinen, fest zusammengefügten Stückchen Holz umher, noch immer dem Steuer des Alten gehorchend.

Aber der starke Südwest wurde zum Sturm. Es ging nicht mehr. Der Alte drehte bei, und nun flog das hübsche Schiff, Vollwind in den Segeln, wie ein Vogel über die Wellen.

Über das Gesicht des Vaters ging leise ein triumphierendes Lächeln. Ihm gleich, wenn nur sein Sohn auf dem Schiffe war. Der Sturm wird sich legen; sein Fahrzeug kennt er, das wird aushalten. Nahrung für sechs Wochen ist an Bord.

Und wie zum Hohn gegen Wind und Wellen, gegen jede Vorsicht, band er das Steuerruder fest, in genauer Richtung nach Nordost.

Als er geendet hatte, trat ihm sein Sohn entgegen: »Vater, Petrine will mich heiraten, nicht dich.«

Ein funkelnder Blitz fuhr in Heinrichs Augen: »Was soll's, was soll das hier?«

»Nun,« erwiderte der Sohn ruhig: »Petrine will mit nach Amerika.«

Als wäre es Verabredung, tauchte aus dem Zwischendeck plötzlich des Mädchens Gestalt empor. Sie sah blaß aus wie der

Wogenschaum; mit der Linken hielt sie unterm Kinn das flatternde Kopftuch.

Da kannte des Vaters Wut keine Grenzen mehr. Er stürzte sich auf seinen Sohn; Hinrich und Heinrich rangen auf Leben und Tod.

Mit einer letzten furchtbaren Anstrengung packte der alte Schiffer seinen Knecht und schleuderte ihn mit gewaltiger Kraft in die See.

Petrine Claussen lag vor Entsetzen auf den Knien. Das Tuch hatte sich gelöst, ihr Haar flatterte frei im Sturm.

Und der Alte? Nun, der alte Schiffer Hinrich Petersen, der vorsichtigste, tüchtigste, erfahrenste Seemann der Insel, hatte mit seinem breiten Messer die Taue rechts und links vom Steuer geschnitten, daß es sich knarrend, bald hier, bald dorthin schlagend, wie ein eigensinnig Roß gab.

Hinrich Petersen hatte den rechten Arm um den Mast geschlungen. Mit dem linken Zeigefinger wies er, die Hand in unaufhörlicher Auf- und Niederbewegung, in die Wasser. Zuweilen lachte er laut und gräßlich, dann schwieg, wie vor Entsetzen, auf Sekunden der Wind in der Takelage.

Schifflein, Schifflein, wo liegen deine drei Insassen? An welchem Strand ist auch nur ein Plänkchen von dir angetrieben?

In seinem Dezemberbericht meldete der Hafenmeister seiner vorgesetzten Behörde:

»Ewer Margaretha Petersen seit dem dritten März dieses Jahres verschollen.«